Barbaren Conan:
Tredje Delen

Erika Sanders

Serie
Barbaren Conan bind 9 til 12

Forsidebilde: @katalinks, 2023

Første utgave: 2023

Synopsis

Møt kvinnene i Conans liv som du aldri har blitt fortalt før...

Etter nye eventyr og nye triumfer, vender Conan og gruppen hans tilbake til byen der deres hjem er nå, Tarantia.

Vil tilbakekomst få deg til å savne eventyrene? Eller blir det bedre enn forventet?

Denne publikasjonen inneholder bind 9 til 12:
9 - Astrid
10 - Xaltana
11 - Yasimina
12 - Cassandra
Ny serie basert på verkene til Robert E. Howard.

(Alle karakterer er 18 år eller eldre)

Merknad om forfatter:

Erika Sanders er en kjent internasjonal forfatter, oversatt til mer enn tjue språk, som signerer sine mest erotiske skrifter, langt fra sin vanlige prosa, med pikenavnet sitt.

Indeks:

BARBAREN CONAN
TREDJE DELEN
ERIKA SANDERS

KAPITTEL IX
ASTRID

"Beklager," sa Astrid, "men det eneste her for deg er planene gruppen din ba om. Adriana er ikke her; jeg er redd hun har lurt deg til å tro at hun var..." hun rødmet lett. ser ned i bakken, "...her for et annet formål. Det er ikke tilfelle."

Conan ble selvfølgelig overrasket over å åpne døren til Adrianas hus for å oppdage dvergkvinnen der, i stedet for kjøpmannen.

Hennes tilstedeværelse alene gjorde det usannsynlig at noe interessant ville skje, og nå hadde han bekreftet at Adriana ikke var der i det hele tatt, og at han ikke ventet henne.

"Så hva skjedde?" spurte han, fortsatt usikker på hvordan hendelsene forløp.

«Du burde komme inn,» sa hun, i stedet for å svare, men hadde fortsatt problemer med å se på ansiktet hans.

Dette var tydeligvis noe hun ikke var komfortabel med å diskutere, men hun virket i det minste flau, snarere enn villedende.

"Planene de ba om er her," la han til.

"Jeg trodde du skulle gi dem til Snagg . Insisterte ikke familien på det?"

Hun nikket, skuldrene sank, men sa ikke noe mer før de nådde hovedrommet i huset.

Det var en stor åpen plass, med en balkong over, med en sofa og mange puter og bord.

Astrid gikk bort til en kommode på den ene siden, der det satt en utskåret trekasse.

Hun tok forsiktig opp esken og holdt den inntil brystet.

"Du må ikke fortelle dem," sa hun og så på ham med bedende øyne, "jeg lovet dem at jeg bare ville gi dette til Snagg . Det er dvergkunnskap;

selv om han kan fortelle deg det. Ut fra det du har sagt, håper jeg han vil, men det må være "din avgjørelse, ikke min. Den har en genialt designet lås... Adriana ville vite hvordan hun åpner den, siden hun er erfaren innen dverghåndverk, men jeg håper du ikke gjør det."

Conan trodde det var fullt mulig at Zula kunne finne en måte å åpne låsen på, men han nevnte det ikke.

Det var neppe nødvendig, tross alt.

"Men likevel, jeg må be deg om å ikke prøve. Du må gi dette direkte til Snagg i morgen tidlig. Jeg bryter allerede løftet mitt ved å gi det til deg ... hvis det ble ut, vet jeg ikke hva Ville skjedd."

Hun virket veldig bekymret, så krigeren nikket på hodet.

"Selvfølgelig, jeg lover, jeg vil ikke engang prøve å åpne den. Men du har ikke forklart meg hva som skjer. Hvorfor gir du ikke dette direkte til Snagg ? Hvorfor er du her?"

"Adriana..." begynte han og rødmet igjen, "jeg ville..." hun så bort fra ham, tilsynelatende ute av stand til å ramme inn ordene, "Jeg ville bli bedre kjent med Snagg . I...privat. Så hun lurt deg. Vi hadde "Hun måtte finne en måte å få esken til en av dere på, og hun tenkte at du... at du kunne bli overtalt til å komme hit, hvor hun kunne gi den til deg."

Konseptet var merkelig nok til at det tok Conan en stund å fordøye.

Hvis Adriana virkelig ønsket å være intim med Snagg , kunne hun se at det var høyst usannsynlig at hun ville lykkes.

Kanskje det var noe mer, men å avhøre den stakkars dvergen var neppe veldig produktivt, og i alle fall måtte hun gi seg til en rolig natt.

"Jeg skjønner... vel, jeg vil ikke spørre deg mer. Det er ikke min sak"

Og hun, det var tydelig, ville ikke snakke om slike ting, hvis hun visste mye om dem.

"Hva vil du gjøre nå?"

"Jeg venter her alene... til morgen, antar jeg."

Hun sukket plutselig, en desperat lyd.

"Jeg skulle ikke ha gjort dette!"

Hun ristet på hodet og dekket ansiktet med den ene hånden, og holdt boksen med den andre.

"Jeg skulle ikke ha latt henne lure meg! Hva har jeg gjort?"

Conan var ikke sikker på hva han skulle gjøre.

Hvis hun hadde vært en menneskekvinne, ville han ha trøstet henne, klappet henne på skulderen eller gitt henne en klem.

Men det ville aldri vært nok for en dverg, så fratatt følelsene hennes som de er.

Men likevel hadde rasens naturlige tendens til stillhet midlertidig forlatt henne, og hun følte at hun måtte si eller gjøre noe.

Han forstår kanskje ikke helt kilden til hans fortvilelse, men han kunne i det minste prøve å hjelpe med det.

Kvinnen fortjente ikke å lide for dette.

"Jeg kunne holde deg med selskap en stund," sa han, "bare for å snakke, hvis det er det du vil."

"Det ville vært veldig snilt," sa han og tørket det som kan ha vært et spor av tårer fra det ene øyet. "Jeg tror det er vin der inne et sted."

Han fant flasken og et par glass, tilsynelatende av dvergproduksjon, og plasserte dem på et av de lave bordene.

Astrid tok sofaen, mens han satt foran henne på noen spredte puter.

Det førte øyehøydene deres nærmere hverandre.

Først satt dvergkvinnen bare der, hendene i fanget, uten å vite hva hun skulle gjøre.

Conan skjenket dem begge en drink og tok en slurk.

«Takk,» sa hun enkelt og strakte seg etter sitt eget glass.

Hun svelget det raskt, tydeligvis fortsatt noe ubehagelig.

Han måtte distrahere henne fra bekymringene hennes, og han tyr til et samtaleemne som han håpet ville distrahere henne fra Adrianas antatte krumspring.

"Har familien din tilbrakt mye tid her?" spurte han: "Klanen Bardalf, ikke sant? Jeg innrømmer at jeg egentlig ikke vet mye om dvergklaner og familier."

Til slutt smilte Astrid, og et blikk som ligner på lettelse krysset ansiktet hennes.

Hun var nesten pen når hun gjorde det, reflekterte han, eller i det minste så pen som en dverg kunne være.

"Klaner er utvidede familier," sa han, "store grupper forent av en felles stamfar. Vi har ritualer som binder oss til en lignende enhet, selv om jeg ikke kan si så mye om det."

Han nikket oppmuntrende, og hun fortsatte:

"Bardalfene er en byklan; vi har vært i Tarantia i generasjoner. Våre forfedre kom hit fra fjellene, og steinhuggeri har alltid vært en av våre ferdigheter. Men selvfølgelig inkluderer hver klan flere forskjellige yrker," tok han en ny slurk av vinen, "så min egen familie er fortsatt murere, og det er et tegn på status. Jeg er veldig stolt av min fars dyktighet."

"Så du vil bli murer?"

Hun smilte faktisk kort, og viste et glimt av hvite tenner.

"Det er en manns jobb! Som gruvedrift eller smedarbeid. Riktignok gjør kvinner noen ganger slike ting, men nei, jeg foretrekker smykker. Jeg tror jeg ville blitt sølvsmed, hvis jeg hadde sjansen."

Før han rakk å spørre henne mer om det, byttet hun tema.

"Hva med deg?"

"Ah, vel," sa han og lente seg tilbake, "jeg vet ikke om det er mye å fortelle. Jeg er andre generasjon; faren min var krigersiden av familien."

Krigere kunne selvfølgelig gifte seg med ikke-krigere, så mange andre steder var andre generasjon eller eldre, men av en eller annen grunn var de ikke mange i Tarantia.

På den tiden var andregenerasjons krigere ikke veldig vanlige, og de hadde ikke de bindende båndene til rasesamfunn som renblods krigere hadde.

"Jeg er redd faren min forlot moren min da han var ung. Faktisk forlot han byen, så jeg så ham aldri igjen etter det."

Han la ikke til at faren, på typisk eventyrermåte, hadde forelsket seg i noen andre og gått for å være sammen med den personen.

Det minnet ham om hans egen grunn til å være her, og det ville han ikke.

Det var nok enda viktigere å utelate, for ham, det faktum at faren hadde gått, ikke for en annen kvinne, men for en mann.

De fortsatte å snakke, pratet om dette og hint, og Conan fant en ny flaske vin, og bemerket mentalt at han måtte betale Adriana for det, selv om hans egen oppførsel under omstendighetene neppe hadde vært eksemplarisk.

Etter hvert som varmen satte seg i magen hans, fant han at han så mer på Astrid.

Hans tidligere mening, bestemte han seg for, var feil; Ansiktet hennes var bredt, som slektningenes, men til tross for det var hun faktisk pen.

Hun hadde store blå øyne og langt blondt hår med en liten touch av rødt, og falt nedover ryggen i en lang, nøye knutete flette.

Klærne hennes var selvfølgelig beskjedne, en uformelig grå kjole som nådde til anklene, lukket til halsen og ermene stramt til håndleddene.

Tunge skinnstøvler med tykke såler som stikker ut under skjørtet, som ville se upassende ut på et menneske.

Kjolen forkledde figuren hennes, noe som uten tvil var hennes hensikt, men hun var tydeligvis ikke en tynn kvinne, selv om hva dverg noen gang var?

Skuldrene hans var brede, nesten dverglignende, noe som ga ham en noe tykk form.

Som et resultat kunne hun se nesten maskulin ut, men ansiktet hennes var for pent til det, og brystene hennes, fra det han kunne se under de formløse klærne, var overraskende store.

Han lurte på om vinen også ville påvirke henne.

Han hadde allerede fått nok å drikke, selv om dverger hadde ganske god toleranse for alkohol, så det kan være mindre betydningsfullt enn det så ut til.

Hun virket absolutt mer avslappet, smilte oftere, hennes tidligere depresjon og bekymring glemt.

"Men jeg vet ikke," sa han på et tidspunkt, "hvor stor sjanse jeg vil ha til å praktisere sølvsmedarbeid. Hvis faren min finner en passende frier, blir det kanskje ikke tid til en god karriere, med mindre jeg allerede har etablert min navn innen da. "Jeg kunne blitt hjemmeværende i stedet. Jeg er ikke sikker på hvordan det ville vært."

Hun virket litt nedstemt over det, og han var bekymret for at vinen kunne gjøre henne deprimert.

"Har du noe imot?" sa han, tok initiativet og reiste seg fra putene for å sitte ved siden av henne.

Hun gjorde ingen tilbaketrekkende bevegelse, noe som fikk Conan til å føle seg litt mer motet.

"Du ser anspent ut," sa han til henne, "tillat meg..."

Han strakte sakte ut hånden og la en hånd på hver av Astrids skuldre.

Hun rykket først, men hoppet ikke, eller sa noe, så han begynte å massere musklene i skuldrene og øvre del av ryggen.

Faktisk var musklene hennes stramme og klumpete enn de fleste menneskelige kvinner.

Han kunne ikke fortelle hva som gikk gjennom hodet hans, men han vendte tilbake til tankene han hadde hatt tidligere på natten, da han fortsatt ventet på Adriana.

Selv om han kunne ta opp emnet, var han ikke sikker.

Han hadde tross alt aldri kysset en dvergkvinne før, og hadde heller ikke tenkt på å gjøre det.

Og det var en god sjanse for at han fant den tanken motbydelig.

"Jeg liker gullsmeding for detaljene," sa hun saklig. "Den har så mye kompleksitet og skjønnhet. Du kan bruke timer på å gå over det samme stykket, til det er helt riktig. Det krever en så behendig, mild berøring. Mmm...og det er bra," la hun til og beveget seg umerkelig nærmere ham . og løftet den tunge fletten hennes ut av veien slik at han lettere kunne nå bunnen av nakken hennes.

"Så du liker å bruke tid på ting?" spurte han, "sakte, men presis ... treffer på rett sted?"

"Dvergmenn er ikke alltid slik," sa Astrid, som om de unngikk det direkte spørsmålet, "de treffer avstøpningene sine, all varme og kraft. Men kvaliteten er mye bedre hvis alt er gjort riktig... detaljene i en Fint stykke sølvfiligran kan være nesten ... sensuelt, synes du ikke?"

Da han ikke svarte, snudde hun seg først halvveis mot ham, de blå øynene hennes nysgjerrige.

Leppene hans var brede, bleke som huden og litt delte.

Han lente seg mot henne, mens hun løftet nakken oppover, og kysset henne veldig lett, og rørte henne knapt.

Hun frøs på plass, et øyeblikk, og snudde seg så.

"Jeg...jeg vet ikke hva jeg gjorde," sa han og rødmet dypt, "beklager...jeg mente ikke å..." han trakk av gårde, uten å finne ordene.

«Alt var min feil», sa Conan unnskyldende, og la mentalt til at vinen også kan ha vært relevant til slutt, «jeg mente ikke å fornærme deg».

Han fjernet hendene hennes fra skuldrene slik at de ikke lenger rørte hverandre.

"Hvis du ikke likte det, kan jeg..."

"Nei," sa hun og kuttet ham av, "det var... det var fint. Jeg gjorde bare ikke... jeg mener, jeg... vi kunne ikke..."

Så strakte han seg etter henne, kuttet haken hennes forsiktig med den ene hånden og snudde henne mot ham igjen.

Rødmen hennes bleknet nå, øynene bredere.

"Du trenger ikke ord," sa han til henne, "bare dette..." og han bøyde seg ned for å kysse henne igjen, lenger denne gangen, og kjente de myke leppene hennes mot hans.

Denne gangen rørte hun seg ikke, og da han la armen rundt henne, kjente de tykke ullklærne mot ryggen hennes, virket det som om hun presset seg nærmere ham.

De skilte seg og Astrid trakk pusten dypt for å roe seg.

Det så ut til at hun var i ferd med å si noe, men stoppet før hun gjorde det, og snudde seg bort, i stedet for å se ham inn i øynene.

"Vi har hele natten, sa du," minnet han henne om, "og jeg er sikker på at dette huset har et soverom?"

* * *

Soverommet var godt innredet, da de fant det, med en stor seng med laken som så myk og koselig ut.

Conan tok av seg den ytre kappen og plasserte den på en sidekommode ved siden av en dekorativ dvergutskjæring.

Han så seg rundt og så Astrid ta av seg støvlene og så stoppe og så ned i bakken.

Etter et øyeblikks stillhet så hun på ham.

"Jeg vet ikke," sa han, "skal vi gjøre dette?"

Han satte seg ved siden av henne og strakte seg etter skuldrene hennes igjen:

"Det er opp til deg," sa han og masserte henne forsiktig, "selv om jeg ikke kommer til å late som at jeg foreløpig ikke er skuffet i det hele tatt."

Hun nølte, førte så en hånd til haken hans og trakk ham inn for et nytt kyss.

Det var overraskende hvor myk huden hennes var, tenkte han, glad for at hun ikke hadde bestemt seg for å bli smed.

Og at ryktet om dvergkvinner med skjegg var helt ubegrunnet.

Da de brøt fra hverandre, strakte hun seg mot magen hans og berørte bomullen på skjorten hans mellom tommelen og pekefingeren.

Han gjorde ingenting, ville at hun skulle ta det neste skrittet, og det gjorde hun, og tok mot til seg for å frigjøre skjorten hans og løfte den opp til brystet hans slik at han kunne ta den av og legge den ved siden av sengen.

Fingrene hennes rant nedover brystet hans, fra magen til brystvortene, og tok sakte inn følelsen av kroppen hans.

Berøringen hennes var lett, men stimulerende, hendene hennes kjærtegnet ham som de ville gjort en albasterstatue.

Hun lente seg fremover og la pannen på brystet hans.

Han kunne kjenne den varme pusten hennes på huden hans, mens hun fortsatte å kjærtegne ham, stille.

Med den ene hånden rundt skulderen hennes, flyttet han den andre til benet hennes, løftet den lave kanten av skjørtet hennes og rakte innover.

Leggene hans var solide og avrundede, men det så ut til å være knapt et spor av fett på kroppen.

Sakte gled han hånden høyere, og fant et tykt ullplagg som nådde like over kneet.

Lårene hans, selv gjennom ullen, virket brede og kraftige.

Da han kjærtegnet hennes lår, avbrøt hun sine egne tjenester og, fortsatt lent mot ham, begynte hun forsiktig å løsne båndene på lårene.

Han lente seg tilbake, vekk fra henne, og ga henne mer plass.

Hun stoppet et sekund, før hun sakte tok av seg klærne igjen.

Han var nå kun kledd i sine hvite bomullsboksere, som tydelig dekket den voksende ereksjonen under.

Astrid så målløst på ham, kjørte en hånd oppover låret og kilte i håret.

Ereksjonen hans banket av lyst, en liten dråpe precum gjorde stoffet mørkere på tuppen.

Så lente hun seg bakover og trakk i kjolen og løftet den over hodet.

Hun ristet ut håret før hun lot det falle ned på siden av sengen og så spørrende på ham med tung pust og rødt i ansiktet.

Under kjolen hadde hun på seg nysgjerrig undertøy, laget av et stramt ullstoff.

Som han allerede hadde oppdaget, hadde den nedre delen av kroppen hennes undertøy som nådde nesten til knærne, men hun hadde også på seg et overplagg, veldig forskjellig fra kombinasjonen menneske- og alvekvinner vanligvis brukte.

Det var en slags vest, tippet han, med korte ermer som nådde rett under albuene og klemte kroppen hans tett.

Den var stukket inn i undertøysbåndet hans, og viste ikke mer kjøtt enn armene og leggene.

Hun antok at hvis det var noe å si for det, så var det at plaggets stramhet løftet de store brystene hennes og fremhevet kurven deres.

Han strakte seg fremover og holdt den ene skulderen mens han smilte beroligende.

Hun virket fortsatt nervøs.

Deretter førte han hånden ned langs den korte lengden av armen hennes.

Hun hadde lyst hår der, rett og mykt, den blonde fargen nesten usynlig mot huden.

De kysset igjen, kort, mens hun førte en hånd opp på siden hans.

Mens hun gjorde det, beveget han sine egne hender mot henne, ivrig etter å se hva som var under det skjulte undertøyet hennes.

Han fjernet vesten fra undertøysbåndet og løftet den med begge hender for å avsløre magen.

Hun var selvfølgelig ikke tynn, som ikke dvergene var, og magen hennes var bred og kort.

Men hun var også trim, like fettfri som resten av kroppen.

Hun skalv litt da han førte en hånd over den glatte huden hennes og la en finger over navlen hennes.

Sakte beveget hendene hennes seg lavere, helt til de nådde blondene på det gjenværende undertøyet hans, centimeter fra bulen i skrittet hans.

Astrid trakk pusten dypt og dro dem ned, mens hun så på den blottede ereksjonen hans.

Hun ga et lite gisp mens hun så på ham et øyeblikk, før hun kjørte fingrene gjennom kjønnshåret hans.

Forsiktig fulgte hun tuppen av en finger langs ballene hans, og deretter oppover skaftet hans, til slutt hvilende på tuppen.

Conan lukket øynene, nøt følelsen og lot det ta sin tid.

Hun tok ballene hans i håndflaten, gled den over hanen hans og klemte den lett da hun nådde spissen.

Han ville ha henne så mye, men han visste at han måtte holde igjen litt til.

Hun ville ta dette i sitt eget sløve tempo, og han ville la henne.

Han åpnet øynene igjen og så at hun så på ham, brystene hennes hevet og falt under ullen som dekket dem, blå øyne store av forventning og kanskje et lite sjokk.

Han nådde opp til sidene igjen, og hektet tommelen inn i bunnen av vesten.

Hun kjente behovet hans og løftet armene, slik at han kunne løfte den opp og ta den av.

Hun ristet på hodet og den tunge fletten hennes falt over den ene skulderen.

Og nå ved hennes side, sølvfiligransøljen på toppen hviler mot den nakne huden på skulderen hennes.

Han måtte innrømme at hun var enda bedre nå enn han hadde trodd før.

Hvis alle dvergkvinner var slik, ville jeg gått glipp av noen store muligheter.

Brystene hennes var store og avrundede, men ikke i det hele tatt hengende, og like urovekkende og fristende som hos en mye yngre kvinne.

Brystvortene hennes hadde kanskje de største areolaene han noen gang hadde sett, blekbrune mot det nesten hvite på brystene hennes.

Han skjønte at han hadde stått stille, bare sett på henne, sett på utsikten, og at hun begynte å rødme litt.

Han smilte til henne og strakte ut hånden for å kjærtegne brystene hennes.

Huden var glatt, kjøttet nesten overraskende fast.

Han tok på dem, kjente vekten deres i hendene, og skled så fingrene til brystvortene hennes.

Astrid gispet da han berørte dem, og nøt den brennende hardheten mellom fingeren og tommelen.

Hun la ut et mykt stønn mens han førte en finger rundt en stor areola, mens han vred seg litt under berøringen hans.

Han innså at brystvortene hennes måtte være utsøkt følsomme, og han fokuserte litt mer på dem, og fikk henne til å skrike av glede mens han forsiktig beveget en.

Så presset hun seg mot ham, kysset ham lidenskapelig og dyttet ham tilbake på sengen.

Brystene hennes hvilte mot brystet hans, fletten hennes mot armen hans.

Hanen hans gled mot den myke ullen som dekket låret hans, en deilig følelse som fikk ham til å gispe av glede.

Han flyttet hendene oppover ryggen hennes, mens hans egne hender utforsket hennes nakne kropp.

Deretter skled han den ene ned på baksiden av buksene, støpte og klemte den stramme baken.

Så trakk hun seg fra ham, pesende, rødt i ansiktet og litt svett.

De så begge på hverandre mens de pustet.

Han la merke til fuktigheten som nå var synlig i ullen under bena hennes.

Så snudde hun seg og ga ham nok en fantastisk utsikt over brystene hennes mens hun gjorde det.

"Jeg synes du burde være på topp," sa hun til ham, og kjente at hensikten hans var, mens den ene hånden beveget seg mot kanten av undertøyet hans, "på grunn av høydeforskjellen, ellers ville det være ubehagelig."

Plutselig lurte han imidlertid på om han hadde sagt det rette, da hun løftet den andre hånden mot munnen, bokstavelig talt gispe som i sjokk.

Trusen hans midt på den ene hoften.

"Unnskyld..." sa han forvirret, "sa jeg noe galt?"

Var det en merkelig dvergskikk jeg ikke var klar over?

At de i det hele tatt hadde skikker for slike ting virket overraskende.

"Nei," klarte han etter en stund å gjenvinne fatningen, "det er bare det... jeg kan ikke forestille meg at noen dvergmann ville tillate noe slikt. Det er... du..." så han ut til å sliter med å si hva jeg tenkte i det øyeblikket.

«Det er min villeste fantasi», klarte han til slutt.

Conan mente at hvis hans villeste seksuelle fantasi faktisk var å være på topp, sa det mye om dvergens seksuelle undertrykkelse.

Men han holdt tankene for seg selv.

"Da er det en spesielt god grunn, tror du ikke?" sa han i stedet.

Hun nikket fortumlet og rullet over på siden, vendt mot ham igjen.

Han førte hånden sakte nedover den bare siden hennes, nøt følelsen av kroppen hennes og over den blottede hoften hennes, og rykket lett i stoffet mens han gjorde det.

Hun hjalp ham da, trakk seg ned og beveget seg fritt, før hun kastet henne i bakken.

Hoftene hans var brede, som jeg allerede hadde sett, og det blonde skrittet hans var tykt og merkbart hårete.

De kysset igjen, mens begge la hendene over magen.

Hånden hennes hvilte på kjønnshåret hans et øyeblikk, før han løp nedover pikken hans igjen, og beveget seg opp og ned langs skaftet hans.

Conans hånd sank ned i den tykke busken hennes, kjente på innsiden av de faste lårene hennes og presset seg mellom dem.

Astrids fitte var våt, de våte hårene klistret seg lett til fingrene hennes mens hun kjørte dem over leppene.

Da han ertet en finger inne i henne, utløste hun et hylende skrik, og hånden hennes tok krampaktig tak i hanen hans, klemte og fikk ham til å grynte.

Fingeren hans gled ut, smurt av saftene hennes, kjente kontrasten mellom de grove hårene hennes og den behagelige fuktigheten i fitten hennes.

Astrids hånd pumpet hanen hans, sakte og stødig, mens hun presset seg mot siden av kroppen hans, begravde nesen hennes i skulderen hans og presset de fantastiske brystene hennes mot ham.

"Jeg elsker deg," sa hun plutselig, reiste seg opp på den ene albuen og slapp hanen hans.

Han nikket uten å si noe som bekreftet henne, og ønsket å finne ut hvordan hun egentlig hadde det.

Da hun begynte å bevege seg, strakte han imidlertid ut en begrensende hånd et sekund og dro henne mot seg.

Han kysset skulderen hennes og nakken hennes, kroppen hennes lå nå nesten rett oppå hans.

Så beveget han seg lavere, løftet henne litt slik at tungen hans kunne løpe over den myke delen av brystet hennes, og kysse en av hennes enorme brystvorter.

Hun ropte mens leppene hans løp rundt areolaen hennes, og han sugde på den lange brystvorten og rullet den under tungen.

Hoftene hennes malte instinktivt inn i ham, baken hennes presset mot magen hans og etterlot en våt flekk.

Han slapp henne og hun rygget unna, lente seg mellom knærne hans, brystet hennes hev og spyttet hennes fortsatt glitret ved siden hennes.

Hun gned hanen hans igjen, presset den mot det hårete skrittet hans og gned kort mot en indre lår.

Astrid gikk deretter på kne, vendt mot ham, mens hun holdt hanen hans fast rett under den våte, ventende fitten hennes.

Sakte, en tomme av gangen, senket hun seg ned på ham og ga et langt sukk av glede mens hun gjorde det.

Fiten hennes var stram, men ikke uvanlig stram.

Hanen hans så ut til å passe perfekt, og han regnet med at dvergmenn ikke kunne være så forskjellige fra mennesker på den måten.

Astrid gikk over ham, brystet hennes hev og øynene lukket, munnen åpen og hodet la seg litt bakover.

Det var om han nøt øyeblikket for alt det var verdt, og hentet det enda mer ut.

Så begynte hun å bevege seg igjen, gled opp og ned på ereksjonen hans, gispet og sukket først, for så å bite seg i leppa og gi ut myke stønn av ren nytelse.

Han kunne ikke klandre henne, for hvis hun kjente halvparten av følelsene han gjorde, hadde hun all rett til å stønne.

Bevegelsene hennes var sakte, presise, men de stimulerte ham, og han hadde sjelden blitt stimulert på denne måten før.

Han så på kroppen hennes, beundret hennes forskjellige kurver, måten brystene hennes spratt litt på, fletten som nå gled med svetten på siden hennes.

Han fulgte henne, kjente hoftene hennes mens de slo seg inn i ham, og møtte de mottakelige støtene fra hans egen kropp.

Med venstre hånd tok han tak i fletten hennes, beveget den, mens hun så lett forvirret på.

Så børstet han sin nærmeste brystvorte med det buste håret, og gned det mot henne.

Hun skrek høyt og presset hoftene hardt mot kuken hans.

Jeg visste at brystvortene hennes var spesielt følsomme, og dette beviste bare det poenget.

Hun fortsatte å bevege seg mot ham, bevegelsene hennes litt raskere nå, beina mer presserende.

Conan kjente trykket bygge seg inne i ham, han visste at det ikke ville ta mye lenger tid før han eksploderte.

Han holdt hoftene hennes, drakk inn hver lidenskapsrykk i ansiktet hennes, hver bevegelse av brystene hennes.

Det var veldig nært...

Og så, uten forvarsel, klatret hun av ham, lente seg inn i armene hans og gisper etter pusten.

Svetten dryppet over hele kroppen hennes, det samme gjorde hans, og hans bankende ereksjon sto fortsatt stolt, glatt med saftene hennes.

Hun lente seg framover igjen, smilende, og kjørte en finger nedover hanen hans og tørket fuktigheten fra det hovne hodet hans.

Berøringen hennes var nesten smertefull, og han ville så gjerne være inni henne igjen, fullføre det de hadde begynt på, men dette måtte være for henne, siden han hadde lovet mer eller mindre det.

Det viste seg at ventetiden var kort.

Snart presset hun den harde ereksjonen hans inn i den myke, imøtekommende fitten sin igjen, begge gisper av glede.

Hun lente seg litt fremover, brystene hengende ned, presset hendene mot undersiden av brystet hans, kjente huden hans.

Han tok tak i brystene hennes, klemte brystvortene og fikk henne til å stønne igjen.

Hoftene hennes malte hardere mot ham nå, men hun hadde det fortsatt ikke travelt.

Bevegelsene var fortsatt langsomme, uten de typiske gryntene fra grov sex, men heller kortere stønn:

"Ja... ja..." hvisket han, "å ja..."

Han oppmuntret henne, baken hans nesten reiste seg fra sengen for å presse henne dypere.

Astrids øyne var store og stirret på ham, lårene hennes grep ham, brystene gled over de innbydende hendene hans, de enorme brystvortene hennes hardt mot de glatte fingrene hans.

«Å...ja...jeg skal...» ropte hun.

«Ikke stopp,» mumlet han, nesten bedende.

Men denne gangen gjorde hun det ikke, og med et langt gråt og ikke flere ord om ekte lykke, kom hun.

Fiten hennes krampet seg gjentatte ganger rundt kuken hans mens han eksploderte inn i henne med sitt eget stønn av nytelse.

Hele kroppen hennes ristet, og hun grep ham hardt i armene og begravde ansiktet hennes i brystet hans.

Natten, overraskende for Conan, hadde vært bedre enn han forventet...

KAPITTEL X
XALTANA

Valeria ble ikke overrasket da Conan kom tilbake til landsbyen om morgenen og så ut som han ikke hadde fått mye søvn natten før.

Jeg hadde ikke møtt Adriana, men slutningen om hva som hadde skjedd var lett nok å trekke.

Det var imidlertid litt mer overraskende å innse at Snagg også hadde kommet hjem omtrent samtidig.

Det virket usannsynlig, ut fra det hun visste om dverger, at noe lignende hadde skjedd med ham, og faktisk, hvis det hadde skjedd, ville hun ha forventet at han skulle virke mer munter enn han egentlig så ut til å være.

Men i stedet hadde han låst seg inne på rommet sitt i villaen og meditert på egenhånd.

Antagelig gikk han gjennom de hemmelige dvergdokumentene han hadde skaffet seg, og ønsket å gjennomgå dem før han delte dem med resten av gruppen.

Da Conan kom tilbake et par timer senere, hadde han en kort stund forsøkt å snakke med dvergen, til og med kommet inn på rommet hans, men var blitt sendt bort igjen, nesten umiddelbart, tilsynelatende uten mange forklaringsord.

Likevel gikk det ikke lang tid etter at Snagg endelig kom ut av kamrene sine, og så noe flau ut og tok med seg dokumentene.

Mye av skriften var dverg, så selv om kartene var rimelig klare, ville det trolig ta litt tid å tilpasse dem til gateplanen.

Så de forlot dette for å undersøke kartene videre med Zula, og Valeria hadde foreslått at hun og Conan i mellomtiden skulle prøve å finne ut hva de kunne gjøre ved College of Wizards.

Faktisk hadde Conan sovet mesteparten av morgenen, noe som antydet en viss grad av kraft fra Adrianas side, men nå krysset de to gangen mot College-biblioteket.

***

College of Wizards var i realiteten et laug, selv om i motsetning til de fleste andre i byen, studerte lærlinger ofte i lokalene, i stedet for i private selskaper andre steder.

Conan selv hadde lært litt magi her for mange år siden, noe sjelden for en kriger, og Valeria hadde først blitt med i lauget etter at hennes egen utdannelse var fullført.

Det var en praktfull bygning, med en høy gylden kuppel og slanke tårn.

Magi tilførte stedet, og de uten noe talent ble forbudt å komme inn, selv som gjester.

Trollmannsmagi krevde betydelige studier for å perfeksjonere og mestre, så høyskolens eksistens var avgjørende for hele det begavede samfunnet Tarantia, og et sted de alle besøkte ganske ofte.

Det betydde selvfølgelig også at kollegiet var ganske vilkårlig med hensyn til medlemskapet; Det inkluderte ikke et lite antall egentlig ganske kjedelige mennesker.

En av dem nærmet seg i dette øyeblikk.

«Ah, eventyrerne,» sa Rufus, med den rike stemmen hans som ekko i den hule salen.

Han var en middelaldrende trollmann, det mørke håret hans begynte å bli grått, og han hadde allerede en god del overvekt på den høye rammen.

"Jeg hørte at de er tilbake ... og i ett stykke også. For en lettelse det må være for deg. Jeg ville ha sagt hei før, men livet mitt er en sosial virvelvind, vet du?"

"Ja, vi er ganske intakte," sa Conan tørt, "takk for at du spurte. Men vi ønsker ikke å holde deg unna den travle timeplanen din. En annen gang, kanskje?"

"Hva? Å, selvfølgelig. Vel, jeg har et møte med høyskolemesteren, og en invitasjon til palasset senere i uken, som jeg virkelig må forberede meg på. Hvor mye lettere det må være å ikke kjenne noen av betydning, Hu h?"

— Vi taklet det bra.

"Ha! Jeg er sikker på at de vil. Vel, hyggelig å se deg. Og jeg vil se deg når som helst, etter å ha rådført meg med sekretæren min, selvfølgelig."

Og med det dro den pompøse narren, uten tvil for å finne noen som var mer irriterende enn ham.

De sukket begge stille av lettelse og dro til biblioteket.

Universitetsbiblioteket okkuperte en stor del av bygningen og var kanskje den største dokumentsamlingen i byen.

Det eneste unntaket kan ha vært Kunnskapens tempel, men siden bare prestedømmet noen gang hadde tilgang til det, var det vanskelig å vite sikkert.

Bibliotekets offisielle vokter var en liten kvinne ved navn Estari, som dukket opp bak skrivebordet hennes mens de passerte gjennom steinbuen mot inngangen.

«God ettermiddag, god ettermiddag,» sa han, med sitt vanlige, noe nervøse smil, mens han refleksivt glatte kappene. "Er det noe jeg kan hjelpe deg med?"

Øynene hans beveget seg fra det ene til det andre, mens han slo hendene sammen alvorlig.

"Vi leter etter dokumenter om byens magiske historie," forklarte Valeria, "personligheter og hendelser fra fortiden."

"Å, ja, selvfølgelig," sa Estari, "våre poster er omfattende, som du vet. La meg vise deg hva vi har... Jeg er sikker på at du vil finne det mer opplysende. College of Wizards er en av de eldste institusjonene i byen, vet du. Historien er faktisk veldig interessant."

Tilsynelatende glad for å kunne hjelpe dem med noe, førte hun dem gjennom de høye hyllene fulle av bøker og ruller.

"Jeg ... eh ... har du vært ute nylig?"

Det virket som om hun prøvde å føre en samtale, som om noen hadde fortalt henne at det var slik man kunne være sosial, men det var ikke noe hun hadde mye erfaring med.

I sannhet kunne ikke Valeria huske å ha sett henne andre steder enn biblioteket, vanligvis med nesen i en gammel bok.

Hun så for seg at kvinnen ikke gikk mye ut.

"Jeg antar at de kommer til å være i byen en stund til? Jeg mener, er de interessert i historien deres?"

"Ja, det tror jeg vi kommer til å bli. Og jeg er sikker på at biblioteket vil være en veldig nyttig ressurs."

"Å gud!" sa Estari og strålte oppriktig for første gang.

Alvekvinnen reflekterte over at hun faktisk så ganske pen ut i det øyeblikket, men det øyeblikket gikk snart over.

Hun trengte definitivt å komme seg ut mer.

"Vel, her er vi," fortsatte bibliotekaren, tilsynelatende lettet over å kunne snakke om virksomheten sin igjen, i stedet for det kompliserte rotet som var ekte menneskeliv, "disse rullene og rullene burde ha alt du trenger. Det er en lesepult. ." rett bak den haugen. Men hvis du trenger hjelp, bare spør! Du vet hvor du finner meg."

De takket henne, og hun bøyde seg lett, viftet med hendene et øyeblikk, og forsvant så inn i stablene, tilbake til skrivebordet og det hun hadde lest da hun kom inn.

"Ikke din type, Conan?" Valeria hvisket og la merke til at krigeren aldri hadde prøvd å flørte med bibliotekaren.

"Vil jeg være der?" Conan smilte ved tanken, "nei, egentlig ikke."

Så ble ansiktet hans reflekterende et øyeblikk, "selv om jeg innrømmer at jeg nå er mindre sikker enn jeg pleide å være på min 'type'. Hendelser kan være overraskende ... men," la han til på en mer forretningsmessig måte . tome. , "det er ikke det vi er her for."

"Veldig sant," sa Valeria enig, og lurte på hva han mente med ovenstående, men innså at hun ikke ønsket å diskutere det videre her.

Han så seg rundt og så at de var i et smalt rom mellom to høye hauger, alle stablet høyt med skrevet materiale.

Mange av hyllene var godt over hodehøyde, noe som tyder på at designerne rett og slett hadde tatt levitasjon for gitt ... men ikke, antagelig, skjørt.

De begynte å lete gjennom hyllene innen rekkevidde, en aktivitet som tok mye tid, tatt i betraktning hvor mye de var stablet.

Bøkene var enkle å sjekke, men rullene måtte åpnes for å se hva de inneholdt, og det tok en god stund før de hadde nok relevant stoff å ta med til lesepultene.

Mens de gjorde det, så Valeria en annen magiker gå forbi dem, lenger inn i biblioteket.

Hun var en attraktiv kvinne, med solbrun hud og skulderlangt svart hår, men det var kjolen som virkelig fanget oppmerksomheten hans.

Det var riktignok ikke noe overraskende ved at kvinnelige tryllekunstnere hadde på seg avslørende klær.

Det så ut til å være en populær moteerklæring i Tarantia i disse dager.

Men ikke desto mindre, på denne kvinnen virket klærne virkelig slående.

Det var en helhvit kjole, med et skjørt som nådde like over anklene, men åpnet på den ene siden til midten av hoftene.

Med en splitt så bred i bunnen at den ikke kunne dekke mye av hennes bare høyre ben.

Fra sin nåværende vinkel kunne hun se svært lite av kjolens forside, selv om den tydeligvis var drapert over skuldrene hennes holdt på plass av ikke mer enn et par smale stropper.

Ryggen ble imidlertid kuttet under midten av ryggen, og viste en vidde med bar hud og den indre formen til skulderbladene hans.

Kjolen var ermeløs, men armene hennes var ikke bare, da hun hadde gullarmbånd på overarmene og ermelignende blondeplagg som nådde fra hendene til albuene.

En smal midje omringet ham, og Valerias øyne stanset et øyeblikk, og observerte svaiingen av hoftene og baken under det hvite stoffet.

Kvinnen snudde et hjørne og gikk.

Hun og Conan så på hverandre, innså at de begge hadde sett på det samme, og smilte til deres åpenbart delte tanker.

"Du sov hele morgenen ," spøkte Valeria, "det er litt tidlig etter det, er det ikke?"

«Det er ikke tidlig å se», svarte han med et lett smil.

De fant lesepultene lett nok og plasserte dokumentene de hadde oppdaget på dem.

Det ville nok bli en lang ettermiddag, reflekterte Valeria, mens hun dro opp en stol og åpnet den første rullen for å se innholdet mer detaljert.

***

En time senere så de ut til å være litt lenger fremme.

Det var tydeligvis mye historie å gå gjennom, og mye av det kan ha vært relevant for deres søken, men det var vanskelig å si hvilken.

Som Estari hadde påpekt, var høyskolen en av de eldste institusjonene i byen, og magiene som bodde der hadde katalogisert mange arrangementer frem til det tidspunktet.

Mye av det han katalogiserte fokuserte på hans egne bekymringer, og prøvde vanligvis å få seg til å høres så imponerende ut som mulig.

Rufus var tydeligvis ikke uvanlig i den forbindelse.

Men det var også referanser til hendelser der magiske vesener tilsynelatende hadde rømt inn i byen, noen av dem potensielt farlige.

Det var relativt lite om de gamle ruinene nedenfor, men selv her var det noen få referanser, hvorav noen kan være nyttige.

Valeria tenkte at selv om dette kan ta lang tid, ville det sannsynligvis ikke være bortkastet tid.

Han reiste seg og rettet ryggen etter å ha sittet for lenge.

«Jeg skal se hva mer jeg finner,» sa han og samlet dokumentene han allerede hadde fullført.

"Jeg kommer tilbake om et øyeblikk." Conan nikket og hun vendte tilbake til historiens hauger.

De hadde gjort ferdig mange av de nederste hyllene, så etter å ha returnert det hun allerede hadde, strøk Valeria nakken for å se på noen av de over hodehøyde.

Øyet hans fanget nesten umiddelbart ryggraden i en bok, etset med et mønster som lignet litt på en foss, selv om den blå fargen nå var noe falmet.

Den kan ha informasjon om vannkildene under byen, selv om det var et dusin andre muligheter.

Han var litt høy, så han strakte seg på tærne og strakk ut den ene armen over hodet.

«Tillat meg», sa en kvinnestemme, i behagelig vakre toner.

Så snart hun snakket, begynte boken å vri seg, løsrev seg fra naboene, og svevde deretter opp i luften og stoppet i nærheten av Valerias hånd.

«Takk,» sa hun og tok tak i boken, litt flau over at hun ikke hadde tenkt å gjøre det samme.

Men så hadde han skjønt at det ikke var ute av ligaen hans, og han kunne sannsynligvis ha håndtert det på den konvensjonelle måten.

Hun snudde seg for å se på sin velgjører, og kjente igjen kvinnen hun og Conan hadde beundret tidligere.

På nært hold var hun, om noe, enda penere.

Huden hennes var lett solbrun, og etter det han kunne se, hadde hun en feilfri hudfarge, som kontrasterte og fremhevet det rene hvite i kjolen hennes.

Øynene hennes var mørke, innrammet av myke vipper, leppene fulle og nesen behagelig avrundet.

Han kunne nå se at kjolen hadde et kutt nesten like dypt foran som den gjorde bak, en bred trekantet utringning som nådde den øvre buen av brystene hennes, og en smal spalte som rant ned under brystbenet.

Det stramme stoffet omfavnet figuren hennes, gapet foran viser den nakne huden på den indre kurven av brystene hennes.

Nedenfor var fronten av beltet hennes dekorert med sølvpynt og en bred spenne, men Valeria løftet umiddelbart hodet for å se en gang til på kvinnens ansikt, og ønsket ikke å virke for fremadrettet.

Forhåpentligvis, som menneske, hadde hun ikke innsett at hun kunne ha denne typen effekt på en annen kvinne.

"Jeg tror det er lærlingene," sa kvinnen, "noen ganger legger de bare de beste tingene utenfor rekkevidde som en spøk. Men så lar de alt være rotete, uten engang å prøve å la det være som det var. Jeg heter Xaltana , forresten.» «la han til og rakte ut en hånd.

"Jeg er Valeria. Hyggelig å møte deg."

Xaltanas hånd var varm og myk, huden til en magiker, ikke en manuell arbeider.

Mennesket så ut til å holde henne der et øyeblikk lenger enn strengt tatt nødvendig, og tommelen gled over fingrene til alvekvinnen et sekund før han slapp henne.

"Jeg kunne ikke si noe om lærlingene," sa han, "jeg trente blant alver, langt unna. Vi gjør ting litt annerledes."

«Så jeg har blitt fortalt,» svarte Xaltana, og munnviken snudde litt opp som om det var en privat spøk.

Valeria lurte på om hun tross alt visste om alvenes seksuelle vaner; Det var ikke akkurat en hemmelighet, men i denne byen virket det ikke som vanlig kunnskap.

— Det var en alveinstruktør her en gang, da jeg var lærling. Hun lærte meg mye.

«Min kollega studerte her en stund,» sa Valeria og nikket i retning av lesepultene, usynlig bak en av de høye bokhyllene. "Men det var lenge siden. Selv om han er en kriger..."

«...Eldre enn han ser ut», avsluttet Xaltana for henne, og de smilte plutselig begge to, uten grunn.

Alven bestemte seg for at hun likte denne menneskelige kvinnen, med sin vakre stemme og myke hud, hennes enkle smil og de perfekte tenner hvite som kjolen hennes.

"Men jeg kan fortelle deg en ting om lærlingene her," fortsatte han, "selv om jeg ikke vet om vennen din var den samme da han var her: det er rart de får noe magisk utdannelse, de bruker så mye tid drikker, slår vitser og tenker på verden." motsatt kjønn."

"Det høres definitivt ut som Conan," sa Valeria enig, "i det minste delvis. Jeg tror ikke han har forandret seg så mye! Så, hva med deg?"

"Du mener, hva gjør jeg, eller var jeg akkurat som de andre lærlingene den gang?"

Som om han fullstendig ignorerte den første muligheten, fortsatte han:

"Vel, jeg kan ikke si at jeg er uskyldig. Men alveinstruktøren jeg nevnte åpnet dørene for noen veldig interessante muligheter for meg. Så jeg kan ikke, helt ærlig, si at tiden min nødvendigvis var fylt med å tenke på det motsatte kjønn, ja." Du forstår meningen min."

Valeria kjente kvinnens øyne på henne for første gang.

Blikket hans gikk definitivt over alvens kropp, tok formen av hoftene og midjen hennes, og beveget seg så sakte oppover, for å fullføre se inn i øynene hennes.

"Og," sa Xaltana, "jeg skulle ofte ønske jeg kunne gå tilbake til de dagene, oppleve dem igjen, for å si det sånn."

Onna dukket umiddelbart opp i tankene hans på det tidspunktet.

Selvfølgelig var de ikke offisielt 'sammen': de levde hver for seg, og i alle fall ville det menneskelige samfunn egentlig ikke anerkjenne noe slikt.

Men vennskapet de hadde delt en stund hadde fått en ny, rikere dimensjon.

Onna ble også bedre i sengen, lærte nøyaktig hva som tente partneren hennes, og overkom en livslang hemning mot forhold av samme kjønn.

For alver var korte forhold til andre følgesvenner ikke noe uvanlig.

Faktisk, reflekterte han, virket Conan som et godt eksempel på det å gå fra å være en menneskelig kriger.

Men for henne var det heller ikke noe uvanlig med det.

Det eneste som ble mislikt var å prøve å ha lange forhold med to personer samtidig, og ellers ganske vanskelig å opprettholde.

Hengivenheten han følte for Onna var ekte, men i alvekulturen betydde ikke det at hun ikke kunne oppleve en annen person, enten det er mann eller kvinne.

Det følte han godt med, men han lurte på om Onna hadde det på samme måte.

Hun var menneskelig, oppvokst med menneskelige måter og skikker.

Hun hadde allerede frigjort seg fra en, men det betydde ikke at hun var klar for hele spekteret av alvetradisjoner.

Mennesker hadde mye kortere levetid, for det første, og hadde en tendens til å tenke annerledes på ting.

Conan så aldri ut til å ha et problem med det, men han hadde heller ikke stabile partnere, noe som kanskje gjorde forskjellen.

Mens hun grunnet, krøllet Xaltana fraværende håret med en finger, slapp det så, og gled fingeren ned langs nakken til kløften som var synlig gjennom den lavtkuttede kjolen hennes.

Valeria fant øynene hennes som fulgte bevegelsen, så den drev lenger ned, hvilende mellom den myke huden på Xaltanas bryster, og pekte nedover som en invitasjon til å utforske videre.

Han så tilbake på kvinnens ansikt og så spissen av en rosa tunge løpe over leppene hennes.

"Jeg skal se hva jeg kan gjøre," sa hun hes til seg selv, "hvor kunne vi møtes?"

***

Så snart de var alene i rommet, tok Valeria ansiktet til Xaltana i hendene og la et fullt kyss på leppene hennes.

Mage hadde allerede slått henne på, og hun kunne ikke vente lenger med å utforske mer av kroppen hennes.

Det hadde vært ganske vanskelig å holde hendene fra å leke mens de gikk nedover gangen.

Mens de kysset, kjente hun partnerens hender streife over ryggen hennes og klemte den ene baken mens hun lente seg mot døren for å lukke den.

«Bare et øyeblikk,» gispet Xaltana og slapp Valerias kyss et sekund.

Han fjernet hånden fra alvens hofter og dyttet henne mot døren og gjorde en komplisert gest.

Det var en kort glød av lys rundt dørkarmen da låseforbannelsen trådte i kraft, og sørget for at de ikke ble avbrutt.

De var i læreboligene, i et lite rom som foreløpig var ubebodd, og ventet på at en ny elev skulle komme til skolen.

Valeria gjettet at rommet brakte frem flere minner for partneren hennes, fra deres første opplevelse av kjærlighet med den andre kvinnen.

Det føltes litt rart, som om hun tilranet seg en annens plass, men siden kvinnen var like attraktiv og villig som Xaltana, var hun villig til å overse det.

Snart kysset de igjen, kropper presset mot hverandre, fingrene rant gjennom håret på hverandre, tungene flettet sammen.

Xaltana manøvrerte alven mot den lille sengen, og dyttet henne forsiktig opp på den.

Det var lite annet i rommet utover et skrivebord, noen tomme hyller og en liten ubelyst peis.

Et lite vindu høyt i hjørnet ga lys.

De kunne begge på magisk vis ha skapt mer lys, men det var ikke nødvendig.

Da Valeria la seg tilbake på sengen og kjente madrassen knirke under seg, slapp Xaltana seg fra kysset.

Gjennom den kunne han se ansiktet hennes med lett delte lepper, mens han førte hendene langs alvens myke flanker og kjente på hoftene hennes og formen på bena hennes. under kjolen hennes.

Han strakte seg etter kanten på skjørtet hennes og løftet det opp over Valerias knær, og knelte så på teppegulvet for å kysse ryggen til en slank legg.

Valeria lukket øynene mens Xaltana fortsatte handlingen, kjærtegnet siden av benet hennes med den ene hånden og kysset innsiden mens hun gjorde det.

Han sukket lett da kvinnen nådde den sensitive huden på baksiden av knærne, og fortsatte deretter oppover låret.

Da hun åpnet øynene for å se igjen, så hun Xaltanas hode forsvinne under foldene på skjørtet hennes, kyssene hennes trakk opp på innsiden av låret, nærmere og nærmere lysken.

«Silke flekker lett», sa hun plutselig, mens kameraten hennes begynte å nappe i trusekanten.

Xaltana stoppet vennlig, trakk hodet ut av skjørtet og satte seg på sengen ved siden av ham.

«Du lukter godt,» sa han og presset nesen mot bunnen av Valerias nakke, og varm pust forstyrret de korte hårene der.

Alven gjorde ingen flere grep på egen hånd, og ventet på å se hva som skulle skje videre.

Xaltana tok en arm rundt livet hennes, og tok tak i alvens hånd med sin egen mens hun gjorde det.

Hun kysset kjevebunnen til Valeria, beveget seg så opp, tungen beveget behendig utsiden av øret, gled over den spisse tuppen, og kysset den så, myk som en sommerfugl.

"Mmm...gode minner," sukket han.

Alven mumlet noe som svar, noe uviktig og betydde lite, og flettet fingrene hennes sammen med kameratens.

Hun lente seg fremover mens Xaltana strakte seg rundt henne for å løsne bindingene på baksiden av kjolen, og gled armene ut av de lange ermene.

Den menneskelige kvinnen stoppet mens hun gjorde det, førte en hånd opp over Valerias overarm, så nedover siden, under kjolen hennes, og presset den rene silken mot huden hennes, fingrene hennes var varme og myke.

Valeria tok av seg resten av skjørtet, slapp den andre hånden og snudde seg for å kysse partneren sin på leppene igjen.

Kysset varte lenge mens Xaltanas hender streifet over kroppen hennes og utforsket ivrig; kjærtegner hoftene hennes, kjærtegner lårene, og strekker seg så ut for å presse et bryst gjennom det tynne stoffet, og kjenner alvekvinnens stramme brystvorter.

Da kysset endelig tok slutt, lente Valeria seg tilbake for å se kjæresten bedre.

Hun så like vakker ut som før, eller enda mer nå, med de mørke øynene store av lidenskap.

Alven førte en finger langs nakkebunnen, kjente den myke huden og gled nedover pannen til den store kløften som var så åpent eksponert.

Hun flyttet fingeren mellom menneskets bryster, ertet henne litt, slapp en hånd gjennom det trange rommet på kjolen for å føle undersiden, svulmen av myk hud behagelig mot håndflaten og fingertuppene.

De kysset igjen, kort, mens Valeria hektet stroppene til Xaltanas kjole over skuldrene hennes, slik at kvinnen kunne frigjøre armene og skyve det hvite stoffet ned for å rynke det rundt livet.

Xaltanas bare bryster var så perfekte som de hadde lovet å være, solbrune som resten av kroppen hennes, tydeligvis en naturlig hudtone, ikke et resultat av sollys.

Brystvortene hennes var mørkebrune, spisse og fristende.

Han utforsket dem fullstendig med begge hender, kjente formen og fastheten til dem før han bøyde seg ned for å kysse dem, og fikk Xaltana til å skrike av glede mens han slikket brystvortene med tungen, lekte og kjærtegnet den ene før han gikk videre til den andre.

Mens hun gjorde det, dro kameraten hennes allerede i slipsen hennes, løftet den på ryggen hennes, og hun ble tvunget til å avbryte pliktene sine for å løfte den over hodet og frigjøre det lange blonde håret.

«Nydelig,» sa Xaltana og stirret på alvens kropp, kun kledd i den korte trusen.

Han bøyde seg ned, lavere enn Valeria forventet, kysset navlen hennes, flyttet en tommel over toppen av trusen hennes og gled til den indre vinkelen på hoftene hennes.

Hun beveget seg opp, presset leppene mot alvens høyre brystvorte, sugde lett på den mens hun beveget den ene hånden for å kjærtegne den andre.

Valeria sukket, flyttet hodet til siden for å se den andre kvinnen suge, og beveget den ene hånden til koppen og kjærtegne en av partnerens hengende bryster.

Øyeblikket var utsøkt, ømt og kjærlig, et øyeblikk som hun ønsket å fortsette og fortsette å nyte.

De kysset igjen, brystene presset mot hverandre.

Valeria bøyde seg ned for å trekke partnerens skjørt over hoftene hennes, tok tak i lårene hennes mens hun skled mot gulvet, og landet ved siden av skoene de begge allerede hadde tatt av.

Xaltanas egne hender strakte seg etter trusene hennes, og hun reiste seg lett fra sengen for å lette fjerning av dem, og lente seg bakover for å hvile på hendene og baken.

"Å," sa Xaltana, blikket hennes streifet over hver tomme av alvens kropp, og stoppet nå mellom bena hennes.

Hånden hans fulgte den ned, over Valerias tynne mage, haugen av hennes kjønn, og kjente lokken av blondt hår der.

Deretter rundt innsiden av lårene hennes, for å forsiktig kjærtegne fitteleppene hennes.

Valeria spredte bena lenger, og ga partneren bedre utsikt...og bedre tilgang.

Hun gispet ufrivillig da kvinnens finger gled innover og beveget seg behendig mot de hovne foldene hennes.

Han beveget seg dypere, undersøkte kjøttet hennes, søkte etter bevegelsene som ga de beste svarene, og fant klitorisen hennes.

Hoftene hennes beveget seg tilbake som svar, slik at Xaltanas finger kunne presses i takt med bevegelsene hennes, og hun begynte å gispe og stønne etter hvert som gleden økte.

Den menneskelige kvinnen var utvilsomt flink til dette.

Hun løftet en arm for å ta tak i ryggen til Xaltana, gravde neglene inn i skulderen hans, holdt godt fast mens famlingen fortsatte.

De falt på madrassen, ansikt til ansikt, og Xaltana slapp, løftet fingeren for å presse den mot leppene hennes, slikket den et sekund før den ga den til alven, og oppmuntret henne til å slikke opp sin egen juice.

"Du smaker godt også," sa Xaltana, "synes du ikke?"

Valeria smilte bare som svar, bøyde seg ned for å kysse kvinnens vakre bryster en gang til, før hun senket seg saktere.

Hun svingte bena fra sengen da hun nådde Xaltanas hvite bomullstruser, trakk dem ned, slik at mennesket ikke hadde på seg annet enn blondermene på underarmene.

Kjønnshåret hennes var mørkt, men ikke for tykt, og fitta var våt og så innbydende ut.

Hun kysset de hovne foldene med leppene først, og fikk kvinnen til å vri seg, helt til hun løftet bena over alvens skuldre for å gi henne bedre tilgang.

Tungen hans fulgte etter, søkte dypt inn i Xaltanas fuktighet og smakte smaken hennes.

Den menneskelige kvinnen bønnfalt noe om gudinnen mens alven fortsatte å slikke, og lot myke lyder slippe ut mellom de harde foldene.

Valeria så opp for å se at brystene hennes ristet, og sugde deretter ivrig på kliten hennes, og fremkalte det lengste stønn ennå.

"Vær så snill... vær så snill..." skrek Xaltana, "Jeg vil ha deg... jeg må gi deg glede... for å få deg til..."

Ideen ble aldri fullført, da Valeria, som kjente kvinnens behov, klatret tilbake på sengen for å legge seg ved siden av henne.

De kysset en gang til, Xaltana smakte nå på alvens lepper, hendene hennes streifet over hverandres kropper, kjærtegnet og eltet bryster, flanker, rumpa og lår, og beveget seg mellom bena hennes til den varme fuktigheten inni...

Xaltanas hud var myk, glatt og innbydende under fingertuppene hans, harde brystvorter presset mot kroppen hennes.

Valeria kunne ikke tenke på noe annet enn å eie henne, om å gjøre denne vakre kvinnen til klimaks i armene hennes.

De valgte å dytte fingrene inn i hverandre i samme øyeblikk.

Valeria ville ha smilt av synkroniteten hvis et lidenskapelig kyss ikke hadde vært så dypt i det øyeblikket.

De fant raskt en gjensidig rytme, fingrene beveget seg unisont, hoftene presset sammen og brystene gled over hverandre i den stadig mer glatte svetten.

Xaltana var den første som sluttet å kysse, peset for hardt nå til å holde pusten lenge, og så gråt med stønn i halsen.

Hånden hans beveget seg raskere mens han gjorde det, kraftigere, helt til Valerias lidenskapsrop blandet seg med hans egne.

Klitorisen hennes var i brann, og like sikkert som partnerens.

Den delte gleden var overveldende, og tok alt annet fra tankene hans.

Han kjente Xaltanas fitte trekke seg sammen noen sekunder før hans egen.

Den menneskelige kvinnen skrek i begynnelsen av orgasmen sin da hun presset ansiktet inn i krumspringet til Valerias nakke, blondt hår blandet seg med mørke.

Bølger av nytelse skyllet over kroppen hennes da hun kom som svar.

Bena deres flettet seg sammen mens lakenet rørte seg mot alvens vridde kropp.

Til slutt trakk hun pusten dypt, og de holdt godt om hverandre og delte den post-orgasmiske gløden.

Han måtte snart tilbake til Conan... men kanskje han kunne vente litt til.

KAPITTEL XI
YASIMINA

Emirens palass lå nær sentrum av byen, med sine tre gylne kupler like karakteristiske som minaretene til de største templene.

Herfra administrerte herskerne i Tarantia byen og hevdet troskap til de mer spredte landene rundt den.

Palasset vendte mot et stort torg, nær markedet, som var byens sjel.

Ingen besøkende kunne unngå å bli imponert, emiren og hans regjering ga en klar uttalelse om rikdommen og makten til deres domene.

Lady Yasimina hadde vært her mange ganger før, men denne gangen måtte hun innrømme at hun følte seg litt redd.

Fra det Conan og Valeria hadde oppdaget ved College of Wizards, var trusselen nevnt i de gamle dokumentene veldig reell.

College nevnte aldri direkte disse hendelsene, noe som uten tvil forklarte hvorfor dette aspektet av historien var så ukjent, men det bekreftet i stor grad det de gamle rullene sa.

De refererte delvis til en tid da demonisk innflytelse i byen hadde vært sterk, og så plutselig bleknet uten noen åpenbar grunn, for så å bli avskjediget som et resultat av lite mer enn den voksende og avtagende naturligheten til infernalske makter.

Og kanskje var det sånn; Uten direkte bevis for å støtte de gamle eventyrernes historie, var det vanskelig å vite sikkert.

Men Yasimina tvilte nå, og var tilbøyelig til å akseptere dem som ekte.

I det minste var det nå viktig å begynne å utforske de gamle tunnelene under byen.

Hvis det hele tilfeldigvis var en fabel, ville det snart bli klart, men nå ble det samlet inn for mye bevis til å tro at det var usannsynlig.

Noe som førte henne til hennes nåværende tvil.

Antakelig ville den infernalske kraften i dypet, uansett hva den var, begynne å påvirke byens ledere i et forsøk på å gjenreise dens dominans.

Noen av dem ville være bak-kulissene, sekundære mennesker, som kunne oppnå sine mål med et stille nikk her og der, men noen ville sikkert være de synlige lederne.

Det var tross alt grunnen til at eventyrerne som skrev de originale dokumentene visstnok måtte flykte fra byen uten å etterlate en klarere advarsel.

Så hvem kunne hun stole på?

Hadde laugslederne eller tempelprestene blitt påvirket?

Hva med de adelige familiene, de byråkratiske og militære lederne eller emiren selv?

Likevel var hun her, og svarte på en invitasjon til en mottakelse i palasset, akkurat der disse menneskene også ville være.

Hun var glad for å se, mens hun klatret opp de lave trappetrinnene til den store søylefronten av bygningen, noen av de få menneskene hun visste at hun kunne stole på.

Sir Arthur og far Kaleb var ikke bare hennes venner, men de var også tilhengere av Ymir, ridderguden, akkurat som hun var.

Ymirs krefter, begavet til hennes paladiner og geistlige, gjorde det mye lettere for dem å oppdage og motstå infernalsk magi.

Hvis et demonisk vesen av noe slag ønsket å ta over byen, ville det være mye lettere å gjøre det ved å holde seg unna Ymirs prester, og unngå risikoen for tidlig oppdagelse.

I det lange løp vil han utvilsomt ønske å marginalisere dem, eller til og med beseire dem direkte, siden de ville være fiender, ikke bønder.

Sir Arthur var omtrent på hennes alder, en paladin som henne, selv om han var lokal, ikke fra de sørlige øyene.

Hun hadde kjent ham lenge, nesten siden han kom til byen, og han hadde vært en varig og konstant venn, selv om eventyrdagene hans gjorde at hun så mindre til ham enn hun skulle ønske.

Han var nå, som henne, kledd i dyre klær, ikke rustningen til hans yrkesfag, men den rike fløyelen i klærne hans kunne ikke skjule bredden på skuldrene hans, og heller ikke muskelstyrken i kroppen hans.

Han var også kjekk, med fint meislede trekk og rett, mørkt hår og brune øyne som forrådte en fast vilje til å kjempe for rettferdighet og ære.

Mange kvinner, var hun sikker på, hadde falt under hans sjarm, men løftene hans som paladin ville ha gjort dem skuffet.

Ordenen hans påla ikke sølibat som sådan, men den oppmuntret heller ikke til utskeielser.

Kjødelige ønsker skulle oppfylles gjennom ekteskap eller, i det minste, langsiktige forpliktelser og strengt monogami.

Hvis det ikke var for deres felles idealer om romantisk kjærlighet, mistenkte han at Ymir og Murielas kirker ville være konstant uenige.

Så å si, forhold var lite mer enn formell hjertelighet.

Selvfølgelig var hun også en paladin, og hadde avlagt de samme løftene og beholdt sin jomfruelighet mens hun var en.

Da han hilste på Arthur og de andre, og de gikk inn i palassets hovedsal, kjente han nesten en anger av anger over det.

Hun var ikke som Conan eller Valeria, hvis mange korte møter så ut til å følge moralen til alvenes slektninger.

Enda mer så virket det for henne, med Conan, til tross for den store tyngden av hennes menneskelige arv.

Zula, som hun ikke kjente. kanskje var hun mer diskret, selv om det virket usannsynlig at skurken brydde seg for mye om konvensjonell moral.

Men for henne var Paladin-koden svært viktig, og definerte rollen hennes, ikke bare i eventyret , men i verden for øvrig.

Paladinene kjempet mot urettferdighet og ondskapens krefter.

Til gjengjeld ga de ofre for det større beste.

Men den lille angrestemmen sa likevel at hun gjerne ville bli bedre kjent med Arthur, som mer enn bare en venn.

Hun var tross alt en kvinne, med en kvinnes lyster, uansett hvilken ytre maske hun viste for verden.

Hvem kunne ikke unngå å bli tiltrukket av en mann så kjekk og så hederlig, tenkte hun?

Men hun ville ikke vært den hun var hvis hun ikke kunne undertrykke disse tankene og vende tankene sine til høyere ting.

Ære innebar tross alt ofte å gjøre personlige ofre...

Far Kaleb, den unge presten, hun visste mindre, siden han bare var blitt ordinert et par år tidligere.

Men hvis han var en nær venn av Arthur, måtte han være et modig og rettskaffent medlem av kirken, noe vennen hans aldri hadde gitt ham grunn til å tvile på.

Ved denne formelle anledningen bar han kappen av sin rang, sverd-emblemet og Ymirs ror fremtredende over hjertet hans.

Det siste medlemmet av trioen var en person han møtte for første gang da han inviterte de to andre til villaen for noen netter siden.

Alatáriel var Arthurs siste godseier, en ung alv som ennå ikke hadde avlagt sine løfter som full paladin.

Det var ganske uvanlig at alver tok den veien, men det var på ingen måte ukjent, siden deres slag hadde viktige tradisjoner for ridderlighet, om ikke nødvendigvis bestandighet.

Hun håpet den unge kvinnen hadde styrken til veien videre, men hun stolte på at de andre ville veilede henne på riktig måte.

"Yasimina!" Arthur sa og smilte: "Jeg er glad for å se at du klarte å klare det. Sa du forrige gang vi møttes at noe kan komme opp som kan få deg tilbake på eventyrernes vei snart?"

"Ja, det er fortsatt sant," innrømmet han, mens de gikk sammen mot palasset, og far Kaleb viste invitasjonen til vaktene, "men jeg er redd jeg ikke kan snakke mer om det her. Selv om jeg må fortelle deg at vi kanskje trenger å "Din hjelp når den tid kommer. Jeg skulle ønske jeg ikke trengte å være så diskret, men dette er ikke stedet å forklare nærmere."

Han nikket, selv om han tydeligvis ikke helt forsto det.

Imidlertid virket det som om han i det minste stolte på hennes dømmekraft, og det måtte være nok for nå.

Inne var det en del gjester i salen, da musikere spilte i bakgrunnen, og tjenere skyndte seg å dele ut mat og drikke.

Slike mottakelser var vanlige, da emiren ønsket å vise sin innflytelse til de andre adelsmenn og høye embetsmenn i byen så ofte som mulig.

Denne begivenheten var til ære for en eller annen dignitær fra Zamora-konføderasjonen i nordøst, men det virket som nesten hvilken som helst unnskyldning ville gjøre det.

Faktisk var det en rekke Zamoranere blant gjestene, lett å skille fra lokalbefolkningen, og til og med de gjestene fra nabobyer, ved deres ibenholt hud og stramt krøllete hår.

Som alle andre her, var de kledd i sitt beste, og hun mistenkte at deres virksomhet her hovedsakelig var handel, fordi zamorianerne var rike, og omfanget av villmarken mellom hjemmet deres og Tarantia gjorde at de hadde lite annet å gå etter..

"Ah, en tilgivelsesprest! Det er godt å se slike mennesker bli hedret her," sa en stemme i nærheten.

Yasimina snudde seg for å se en Zamorian mann, med hvite tenner som smilte og vinket til far Kaleb.

"Vi jobber hardt her for ære og ridderlighet," sa presten enig, da de dro for å slutte seg til gruppen mennesker som allerede samtaler med den besøkende. "Det er en kamp som må utkjempes over hele verden."

De to paladinene og herren deres ble med i gruppen, og snart var det introduksjoner overalt.

Den zamoriske mannen som var interessert i Ymir, var en kjøpmann ved navn Zogar, middelaldrende og noe portly.

Sammen med ham var en mann som bare kunne være livvakten hans, over seks fot høy og med muskler svulmende på de bare armene.

Det var to lokale med dem; en skallet kjøpmann som Yasimina bare kjente vagt, og en ung kvinne ved navn Zenobia, som hun visste var medlem av et av de adelige husene.

Det var også en tredje karakter, en yngre mann hun ikke kjente igjen, og det var uklart om han faktisk var med i gruppen eller ikke, da han skilte seg fra de andre, lente seg mot et bukkbord og slo en vimpel .

Han virket allerede litt full, og det var fortsatt tidlig på kvelden.

Yasimina så misbilligende på ham, men fyren så ikke ut til å legge merke til det da blikket hans fokuserte på kurven til Zenobias rumpa.

"Så du er paladins?" Zogar spurte : "Jeg har ikke vært i Tarantia før, og jeg vet at deres skikker er forskjellige fra våre. Jeg har hørt om paladiner...jeg tror de er veldig like våre egne leopardkrigere."

"Etter det jeg forstår," sa Kaleb, "er det riktig. Paladiner er hellige krigere, i stand til å bringe lyset av tilgivelse inn i folks liv, og jeg utleder at leopardkrigerne dine er forskjellige bare i noen av deres skikker."

"Jeg hørte at det var få kvinnelige paladiner i Tarantia, men jeg ser at dette ikke er tilfelle," sa Zogar og bøyde seg lett for Yasimina. "Eller er du en besøkende her ?"

"Jeg ble født lenger sør," innrømmet Yasimina. Han visste at det blonde håret og de blå øynene hans ikke var Tarantias, selv om sannheten var at byen var kosmopolitisk, med en veldig blandet befolkning. "Men Tarantia er en fri by, og det er mange kvinnelige paladiner. Jeg har bodd her i mange år, og det er kanskje ikke så uvanlig som du har blitt ført til å tro."

Da så det ut til at den fulle unge mannen ble friskere, kanskje ikke tidligere å ha innsett at det var en annen kvinne i gruppen.

Han kikket i retning hennes, og gjorde et lite forsøk på å skjule det faktum at han mentalt kledde av henne.

Hun stirret på ham, men han så ikke ut til å like mye av det han så, og vendte oppmerksomheten mot Zenobia.

Den unge adelskvinnen var svarthåret og tynnere, og det var kanskje mer i hennes smak.

Zogar, heldigvis, så ikke ut til å ha lagt merke til blikket hennes, eller hvis han gjorde det, var han for høflig til å nevne det.

Han fortsatte jevnt med samtalen, "Kvinner kan også bli mestere i mitt hjem, selv om det ikke er like vanlig som hos menn. Hvis man hører ropet, bør det ikke ignoreres."

"Men det er det," brøt Zenobia og snakket for første gang, "du synes det er litt upassende for en kvinne å slåss, ikke sant?"

Hans aristokratiske toner var umiskjennelige og uttrykket hans var veldig hovmodig.

Åpenbart var hun en person som brukte mye tid på å bagatellisere de lavere i rang enn henne.

"Kamping og aggresjon er sikkert mennenes provins? Nei, selvfølgelig," la han raskt til, "Vel, det er det samme med paladiner... stemmene deres setter dem over den vanlige krigeren. Men for vanlige soldater virker jeg upassende."

«I mitt hjemland...» begynte Zogar, men før han rakk å fullføre, brått inngrep den fulle unge mannen.

"Å, de har ikke Ymir i Zamora heller," sa han med en tone av tydelig misnøye i stemmen. "Det er så fryktelig kjedelig. Alle "du kan ikke gjøre dette" og "du kan ikke gjøre det"... du lurer på hvordan de klarer å reprodusere. Hvis du har soldater, trenger du knapt paladiner! Hold deg unna det , hvis du må, med rangers. I det minste vil de ikke plage noen."

Alle snudde seg for å se på ham, og det virket faktisk som Zogar var den sinteste i gruppen, mer fornærmet av gjestene deres enn av seg selv.

Men overraskende nok var det Zenobia som snakket først og stirret på den unge mannen.

"Jeg er ikke overrasket over at du har så liten forståelse for viktigheten av ære," sa han, "og jeg tror vinen går til hodet på deg, Yara. Jeg kan egentlig ikke si hva som har skjedd med deg i det siste, men hvis Ymirs tilbedelse av deg Det støter så mye, kanskje du burde finne et annet sted å drikke?

"Jeg har det bra der jeg er," sa han, med øynene festet på brystene hennes, og ikke så på ansiktet hennes.

«Nei, jeg tror ikke det», sa livvakten og tok et skritt fremover mens han gjorde det.

Aksenten hans var tykk, mye sterkere enn Zogars, men han klarte å fylle den monosyllabiske frasen med en viss grad av trussel.

"Eller hva?" sa Yara hånende. "Jeg har all rett til å være der jeg vil."

Livvakten tok et nytt skritt og Arthur begynte å si noe for å prøve å roe situasjonen.

Men i det øyeblikket kom en annen mann og tok tak i Yaras arm og hvisket noe i øret hennes.

Den unge mannen stirret på ham og så seg rundt for å protestere, men nykommeren virket insisterende og dyttet ham vekk fra bordet.

"Unnskyld," sa mannen, "jeg skal sørge for at han ikke plager deg igjen."

Yasimina gjenkjente ham som en trollmann ved navn Thulandra, en også fra College.

Kanskje Conan og Valeria kjente ham.

Uansett, de dro snart, og kunne gå tilbake til en mer høflig samtale.

***

"Har du sett Zenobia noe sted?"

Forhørslederen var en adelsmann fra samme hus som den unge kvinnen.

En onkel eller noe, tenkte Yasimina.

Hun tilsto at hun ikke hadde sett aristokraten på en stund, selv om de hadde snakket sammen før.

"Det er veldig irriterende," fortsatte adelen, "jeg kan bare ikke finne det noe sted..."

Yasimina sukket.

"Jeg kunne se om han pudder nesen," tilbød han.

Mannen så ut til å være ganske nervøs, selv om hun ikke så hvordan det kunne være et reelt problem, ikke her i palasset.

Etter det han visste om Zenobia, var hun ganske selvstendig, men ikke typen som gjorde noe ubehagelig eller tåpelig.

Han kom med unnskyldninger til mennene og satte kursen mot bakgangene og ble snart overbevist om at den savnede adelskvinnen ikke var der.

Han var i ferd med å gå tilbake og fortelle slektningen det samme, da han hørte et smell i en sidegang.

Ingen så ut til å være der, inkludert vaktene som var stasjonert for å holde folk ute, slik det naturligvis var i mange av de mer private områdene.

Så hun rynket pannen, plutselig mistenksom.

Han tok noen skritt ned gangen, men det var ingenting å se bortsett fra dører som førte til rom, en og annen vase eller annen pynt.

"Noen der?" skrek hun.

Denne gangen var det ingen feil i lyden.

Som svar på bankingen hans kom det et gisp bak en av dørene.

Noen var tydelig fortvilet.

Yasimina kastet instinktivt hånden til sverdet, før hun husket at det selvfølgelig ikke ble båret våpen i palasset.

Han bannet stille, strakte seg etter døren og prøvde å åpne den.

Den beveget seg ikke, men måten den beveget seg på antydet at den ikke var låst, men snarere at en magisk trollformel hadde blitt brukt for å forsegle den.

Han hadde støtt på slike ting i sin eventyrkarriere, og den subtile måten døren ble festet til karmen var ganske forskjellig fra handlingen til en enkel lås.

Noen lyder av slåssing så ut til å bli hørt innenfra, men ingen flere ord.

Yasimina resignerte med nødvendighet, tok noen skritt tilbake og satte opp døren med skuldrene.

Ved det andre forsøket sprakk det opp for å avsløre et lite rom bortenfor, og nærværet til Zenobia og den fulle unge mannen fra tidligere, Yara.

Det var en stol ved siden av ham, tydeligvis kilden til lyden han hadde hørt tidligere.

Yara holdt adelskvinnen mot en vegg, den ene hånden over munnen og den andre holdt en blafrende arm.

Trusene hennes var rundt anklene, og kjolen til Zenobia var revet i toppen, og avslørte et bar bryst.

Det nøye kjemmede håret hennes var nå rufsete, og det var veldig tydelig på hennes livredde uttrykk og tårene som begynte å danne seg i øynene hennes at hun var alt annet enn en villig deltaker i handlingen.

Heldigvis var skjørtene fortsatt på plass, så Yara hadde tydeligvis ikke kommet så langt.

Han snudde seg for å se på Yasimina da hun kom inn i rommet, ansiktet hennes blendet og ereksjonen hans stakk ut under skjorten hans.

"Kommer du for å bli med oss?" Han sa: " Du er litt kjøttfull for meg, men du har fine pupper, og jeg tror jeg fortsatt kan gjøre det etter å ha knullet denne lille tispa."

Paladinen tok et par skritt over rommet og slo ham i ansiktet med knyttneven.

Yara falt som en stein, og landet hardt mot bakken, mens kuken hennes ble raskt myk.

Zenobia rygget unna, hulket og prøvde å dekke sin beskjedenhet med bitene av kjolen hennes.

Yara ristet på hodet for å rydde det, prøvde å reise seg og stirret sint på paladinen mens blodet begynte å dryppe fra leppen hennes.

«Hvordan våger du...» begynte han, og i det øyeblikket kjente Yasimina det.

Det var en demonisk tilstedeværelse her, noe hans paladins krefter kunne oppdage.

På en eller annen måte var Yara besatt.

Kanskje han ikke hadde følt det før fordi tilstedeværelsen ikke var like sterk og aktiv da, men han tvilte på at det kunne være noe som nettopp hadde skjedd.

Mens han sto der med nevene klare i tilfelle han skulle prøve noe annet, vendte tankene tilbake til det Conan og Valeria hadde oppdaget.

En økning i demoniske besittelser i byen. Begynte det nå?

Det ble bråk bak henne.

Det at han åpnet døren hadde tydeligvis varslet de andre gjestene, og de begynte nå å ta seg nedover den lille gangen, nysgjerrige og skremt.

Da de samlet seg ved døren og så på maleriet, ble det gisp av skrekk.

Gitt Zenobias tilstand, kunne det være liten tvil om hva som hadde skjedd, og det virket som om ingen trodde på unnskyldningene Yara begynte å tilby selv nå.

Innflytelsen fra Zenobias familie ville sikre at han var en fengslet besatt mann.

Demonen ville trolig snart være borte, ute av stand til å oppfylle sine ønsker fra en fengselscelle.

Men hvor mange flere ville det være der ute?

Da palassvaktene gikk inn i rommet for å ta tak i en protesterende Yara, så Yasimina Thulandra i gangen bak de andre.

Han virket skuffet.

Men nei, hun ville ha sagt at han virket mer som... overrasket...

KAPITTEL XII
CASSANDRA

Det rosenrøde lyset fra daggry kunne knapt trenge gjennom den tykke gardinen Cassandra hadde plassert over vinduet i leiligheten med ett soverom.

For henne, når det var mulig, var dagen et godt tidspunkt å sove.

Han trakk de tynne lakenene rundt kroppen, la hodet på puten og lukket øynene for å skjule utsikten over det lille rommet.

En dag kunne jeg kanskje bo på et bedre sted, men foreløpig måtte dette triste hullet gjøre det.

Han brukte så kort tid her han kunne, og brukte den bare til å sove og vaske.

Og for nå, etter en lang natt med aktivitet sent på kvelden, var søvn alt han trengte.

Og søvnen kom raskt og omsluttet henne i dens fredelige armer.

Og snart begynte Cassandra å drømme...

Byen spredte seg under henne, stjerner blinker på en nattehimmel over.

Det så ut til at han fløy, en kjølig bris rufset håret hans mens byen sakte gikk forbi nedenfor.

Hun var fullt påkledd, innså han, og ikke i den ermeløse nattkjolen hun hadde tatt på seg.

Det var noe rart med det, ikke sant?

Før tankerekken hans kunne følge den ideen, la han merke til noe annet merkelig: byen var ikke helt riktig.

Noen av bygningene var annerledes, med færre etasjer eller nyere tak.

Faktisk så det ut til at eldre var det rette ordet ... dette var byen slik den kunne vært for år siden.

Når, ante hun ikke, men hun gjettet det må ha vært før hun ble født.

Hvor rart...og likevel så det ut til å fly mot en bestemt bygning, i en moderat velstående del av byen, men ingenting utenom det vanlige.

Hun viftet med armene og prøvde å bevege seg som en fugl ville gjort, men dette gjorde ingen forskjell.

Den fortsatte å fly mot bygningen som om den ble ledet av en kraft den ikke kunne kontrollere.

Huset kom nærmere og hun gled ned mot de tomme gatene.

En solid vegg stormet mot henne, og hun prøvde igjen å bevege seg bort, men det var ingenting å gjøre...

Han lukket øynene, spente seg etter støtet, men alt som skjedde var at brisen plutselig stoppet.

Han åpnet øynene igjen, og var nå inne i det som så ut til å være et lager, med føttene sakte fallende mot bakken.

Han kjente den kalde steinen under tærne...

Hadde han ikke hatt på seg støvler et øyeblikk før?

Hun hadde dem ikke på seg nå.

Da han så seg rundt, så han at kjelleren var stor og ikke ubebodd.

Mot den ene veggen sto et sett med hyller fylt med ruller og flasker.

Det var også et bord, med en stor kandelaber på.

Lysene i lysekronen opplyste rommet, selv om hennes eget nattsyn, muliggjort ved å være en halv-demon, tillot henne å se mer enn de fleste mennesker ville.

Ett område av gulvet var dekket med en stor, sirkulær madrass, dekket med puter og myke laken.

Den var stor nok til tre-fire personer, mente han.

Men det var kvinnen som umiddelbart fanget øynene hans.

Hun var blond, blek i huden og ikke mer enn tretti år gammel.

Hun hadde på seg en hvit kjole, knapt mer enn en slips, ermeløs, og klippet inn i en lav V foran, og viste rikelig kløft.

Falten nådde midten av låret, samlet av en tynn svart snor rundt livet hennes.

Hun hadde ikke annet enn et gull og grønt anheng rundt halsen, og hun knelte på gulvet, vendt mot midten av rommet.

Hun så ut til å ikke ha noen anelse om at Cassandra var der, og demi-demonen var under et tydelig inntrykk av at selv om hun beveget seg, ville kvinnen verken se eller høre henne.

Gulvet foran kvinnen var bart og malt med en stor sirkel, dekorert med runer.

Rundt sirkelen var det fem kopper med jevne mellomrom, hver fylt med litt mørk væske.

Cassandra hadde ikke sett en innkallingssirkel før, men hun visste hva det var.

Han skjønte at kvinnen sang og det begynte å danne seg ranker av røyk i hjertet av sirkelen.

Cassandra gikk for å gripe kniven hennes, bare for å innse at den ikke var der.

Kappen hennes var også borte, selv om hun ellers var fullt påkledd.

Han kjente et sus av frykt... noe var veldig galt her.

Drømmen virket for levende, for merkelig og ulik alle andre han hadde hatt nylig.

Vent...hvordan visste han det?

Sjelden kunne han tenke så klart mens han drømte, eller innse at dette faktisk var en drøm.

Det var som om hun så på noe, en tilskuer, men ikke en deltaker.

Nei, dette virket ikke som en vanlig drøm, og det var ingen forklaring på det.

Øynene hans forble festet på røyken som nå steg i økende mengder fra sirkelen.

På en eller annen måte forsvant den før den nådde taket, så selve rommet ble ikke fylt med røyk.

Men inne i sirkelen ble den tettere og tykkere.

Helt til slutt dukket det opp en skikkelse fra skyen, som raskt krympet til ingenting bak henne.

Saken var utvilsomt en demon.

Den var generelt menneskelig i form, mer enn mange jeg hadde hørt om.

Huden var mørkerød, nesten skinnende, og den hadde en lang svart hale og flaggermusformede vinger som spiret fra skuldrene.

Han så at underbena var skjellete og endte i klør som en fugl.

Demonens ansikt var grusomt og skjeggete, med langt svart hår på skuldrene og store buede horn som på en vær.

Han hadde knallgule øyne, med mørke spalter for pupiller, som en katts, men de virket ikke mer i stand til å se henne enn kvinnen som hadde tilkalt ham.

Monsteret var lettkledd, bare et tøy på kroppen med et kort forkle som hang fra et belte laget av jernbiter, og to mørke lærremmer som gikk i en X på brystet og ryggen.

Disse stroppene ville se ut som noe som kunne holde våpen eller verktøy, men for øyeblikket var de tomme.

Demonen så seg rundt, men så snart ut til å miste interessen for rommet.

De gule øynene hans fokuserte på kvinnen som knelte foran ham.

"Hvorfor har du tilkalt meg?" knurret han med dyp barytonstemme.

Mens han snakket, slapp det damp fra ham og han bøyde hendene med klør, som om han forutså noe vold.

Avvæpnet og stort sett hjelpeløs forsøkte Cassandra å bevege seg mot en dør hun kunne se på tvers av kjellerrommet, men føttene hennes virket rotfestet til stedet, ute av stand til å bevege seg en tomme.

"Hvem skal jeg drepe eller rive i stykker?" fortsatte demonen, "hvem skal jeg kaste en forbannelse over? Eller vil du stille meg spørsmål for å fremme din egen makt? Befal meg, heks, og jeg vil gjøre hva du vil."

Cassandra mente at han ikke virket særlig fornøyd med prospektet; Han hatet absolutt å være slave av et menneskes ønsker.

"Jeg bryr meg ikke om noe av det," svarte kvinnen, "i hvert fall ikke nå. Jeg har innkalt deg til et annet formål."

"Nevn det da!" udyret knipset mens øynene glødet.

"Må du bli her og adlyde meg til daggry?" Skapningen nikket. "Bra. Så bruk den tiden til å knulle meg, til å få meg til å komme igjen og igjen. Jeg vil at du skal gi meg den beste, lengste faen i livet mitt."

Demonens uttrykk endret seg mens han snakket.

Han virket ikke lenger sint, men heller engstelig, smilte bredt for å vise skarpe, spisse tenner.

Han la fra seg en ordløs buldrende lyd fra baksiden av halsen, og krysset sirkelen mot den knelende heksa.

«Det kan jeg gjøre,» sa han, mens kvinnen strakte seg etter beltet, og løsnet stroppene som holdt hennes knappe klær sammen.

De få lærbitene falt til bakken, så demonen ble stående helt naken.

Hans stive penis pekte mot kvinnens ansikt.

Ballene hans, så Cassandra , var store og hårete, og penisen hans var mer enn åtte tommer lang.

Den penisen var rillet, med rillede ujevnheter langs lengden, ingen forhud, med et mørklilla hode som allerede var hovent og overfylt, og litt spissere enn et menneskes.

Kvinnen la hånden rundt den, kjærtegnet den opp og ned, og nøt tilsynelatende følelsen av åsryggene.

Så åpnet hun munnen og svelget ham og sugde ham så mye hun kunne.

Hun løftet en hånd for å kutte skapningens baller, kjærtegnet og skrapet dem med neglene.

Demonen lente hodet bakover og ga fra seg et langt sukk som fikk flere dampranker til å stige opp i luften i kjelleren.

Cassandra fant ut at hun ikke engang kunne snu seg nå, og øynene hennes kunne ikke lukke seg eller slutte å se.

Det var ingenting hun kunne gjøre annet enn å se den urolige handlingen utfolde seg foran henne.

Hele greia ga ikke mening.

Påvirket ditt nylige besøk hos Lady Gedren, og deretter i huset med den høylytte kvinnen som hadde sex, på noen måte dine underbevisste tanker?

Hun trodde det ikke: instinktene hennes fortalte henne at noe annet skjedde her, og hun var frustrert fordi hun ikke visste hva det var.

Foreløpig kunne han imidlertid bare se på.

Den mystiske kvinnen slapp demonens hane og reiste seg.

Skapningen var omtrent seks centimeter høyere enn henne.

Han så på henne, likte tydeligvis det han så, og tok så tak i en håndfull av den spinkle kjolen hennes.

Han rev den fra kroppen i en enkelt brå bevegelse og slengte den uforsiktig til side.

Heksa snudde seg og la seg med ansiktet opp på den store madrassen, med bena spredt.

"Slikk meg!" Hun sa: "Jeg befaler deg."

Tilsynelatende trengte ikke demonen noen ordre for å forlate sirkelen, da han krysset rommet, tydeligvis ikke lenger begrenset, og knelte ved siden av sin elsker.

Han åpnet munnen, stakk ut en lang, klumpet tunge, og brukte den til å slikke kvinnens kragebein, over haken og opp til nesen.

Mens han gjorde det, kjente Cassandra en prikking i ansiktet hennes og en plutselig varmefølelse der.

Det var mildt, ingenting som det kvinnen burde føle, men det gjorde henne ukomfortabel likevel.

Drømmen så ut til å bli enda merkeligere.

Demonen senket oppmerksomheten, brukte sin lange tunge til å sikle over kvinnens bryst og bryster, flyttet den gaffelformede spissen mot brystvortene hennes og fikk henne til å stønne av glede.

Følelsen i Cassandras kropp beveget seg også lavere, og hun fant seg selv i å vri seg for å prøve å unngå det.

Det var alt forgjeves, og hans bare føtter forble godt festet til bakken.

Demonens tunge gikk over magen til heksen, små damppust steg opp mens den gjorde det.

Cassandra antok at de ikke kunne være så varme som de så ut, selv om det sikkert må ha vært varmere enn noen menneskelig pust.

Til slutt nådde demonen sin pris, for å bevege, med tungen, leppene til den fremmede kvinnens fitte, selv om han fortsatt klamret seg til brystvortene hennes, og fikk henne til å vri seg og snu hoftene.

Kvinnen, hvem hun enn var, var tydelig opphisset, ansiktet rødmet, vekselvis bet seg i underleppen og peset, og av og til ga et dempet stønn.

«Slikk, slikk...» sa hun, og skapningen adlød.

Heksa vred seg mot lakenet mens demonen søkte den lange, glatte tungen sin inn i hver sprekk på fitta og rumpa hennes.

Han peset og stønnet høyt nå, da en hånd strakte seg mot monsterets hode og kjente dets tunge horn.

Varmen spredte seg mellom Cassandras hofter, og kriblingen ble seksuell på en måte hun visste ikke ville skje.

[Et annet sted, i den våkne verden, kastet og snudde Cassandra seg i sengen hennes, blafrende med lakenet, svette begynte å dukke opp på pannen hennes.]

Heksen skrek da hennes første orgasme traff henne, hoftene hennes bøyd mot demonens hode.

Det seksuelle utbruddet som traff Cassandra var mindre intenst, langt fra klimaks, men nok til at hun følte seg våt mellom bena.

Hun forbannet ham stille, og mistenkte at han ikke kom til å fullføre ennå.

Demonen frigjorde sin elsker og la seg på huk.

"Tungen din er ganske bra," sa heksen, "men hva med kuken din?"

Demonen smilte og løftet kvinnen i hoftene, slik at hun hvilte på armene og skuldrene hans, bena mot brystet hans.

«Fan meg», beordret han, «fåten meg nå».

Med et kraftig dytt var demonen inne, og begge elskere skrek plutselig.

Demonen begynte å pumpe kraftig, baken pumpet og den svarte halen slo rytmisk mot madrassen.

Kvinnen viklet bena rundt ryggen hans, og tvang den hovne, ribbede kuken dypere inn i fitta hennes og skrek om og om igjen.

Hun tok tak i en av brystvortene hennes, klemte den, og demonen tok hintet, og brukte sine egne klørte hender til å massere brystene hennes mens han fortsatte å knulle henne.

Den prikkende følelsen spredte seg nå, og det var ingenting Cassandra kunne gjøre for å stoppe det.

Det var ikke overveldende, det kunne ikke gjøre noe i nærheten av det det føltes som om den harde, demoniske hanen tydeligvis gjorde mot den mystiske kvinnen, men det var ingen måte å ignorere det.

Til tross for arven hans, hadde han ingen tilbøyelighet til demoner, så en ekstern kraft må sikkert være ansvarlig for det som skjedde med ham.

Men hva og hvordan?

[I den våkne verden vred Cassandra seg under dynene og sparket dem mens hun gned seg mot nattkjolen hennes, mens lette stønn av angst passerte leppene hennes. Men det var ingen rundt som hørte dem.]

Cassandra skjønte med forbauselse at i drømmen hadde skinnklærne hennes fulgt veien til støvlene og kappen hennes.

Hun var nå kledd i nattkjolen, en kortermet slips som nådde like over knærne.

Den varme luften i rommet, oppvarmet av lidenskapen og varmen fra det helvetes vesen, strøk nå mot hans nakne legger og armer.

Heksen skrek i sitt andre klimaks for natten, men demonen var ikke ferdig og fortsatte å pumpe.

Støttene hans ble raskere nå, pusten hans ble mer anstrengt.

Cassandra kunne se hvordan øynene hans begynte å skinne, skinnende med et gult indre lys, mens glede spredte seg over ansiktet hans.

"Få det ut!" beordret kvinnen plutselig.

Med en sint knurring gjorde demonen det, ute av stand til å motstå sin elskers befaling i det som må ha vært det motsatte av det han ønsket å gjøre.

Kvinnen, som fortsatt hvilte på hoftene hans, strakte seg ut for å klemme hodet på lemmet, gned og lekte med det.

Demonen brølte da han kom, øynene hans glødet sterkt før de bleknet til sin vanlige farge.

Strømmen av sperm skjøt ut og sprayet partnerens bryster, én gang, og så en gang til.

Selv etter det dryppet fortsatt dråper hvit væske fra tuppen og sprutet på magen hans; Han hadde sikkert produsert mer enn noen menneskelig mann, og han sprayet henne også mer.

Cassandra var i det minste glad for at det var over og at følelsen allerede var i ferd med å forsvinne fra kroppen hennes.

Hun onanerte noen ganger, selvfølgelig, og var ikke fremmed for seksuelle følelser.

Men dette hadde kommet utenfra...ikke akkurat et brudd, men et uønsket inntrenging uansett.

I mellomtiden så demonen på kvinnen, mens dråpene og sprutene fra sæden hans fortsatt prydet den varme, svette kroppen hennes.

"Tror du jeg er uvitende?" spurte kvinnen. "En demonisk løpetur er mye mer sannsynlig å ende i svangerskapet enn en med en menneskelig partner. Og jeg har ingen intensjon om å bringe en halv-demon inn i denne verden."

Så kvinnen hadde bedre sunn fornuft enn sin egen oldemor, tenkte Cassandra skjevt.

Men drømmen viste dessverre ingen tegn til å ta slutt.

Kvinnen beveget seg bort fra demonens omfavnelse og strakte seg ut for å gripe hanen hans, som bare var litt mindre oppreist enn før.

"Selvfølgelig kan jeg fortsatt...dette," sa han, sugde den en gang til og slikket de siste dråpene med sperm fra tuppen. "Mmm... litt krydret.

Mia, se om du liker det?" la hun til, slapp ham og presenterte de spermasprutede brystene for hans ventende tunge.

Da han var ferdig med å slikke all spermen ut av henne, rullet hun på fronten, satte hoftene i været og spredte fitteleppene.

«Jeg er klar igjen, og det er jeg sikker på at du også er,» sa hun til ham.

Kvinnen stønnet da demonen gikk inn i henne igjen og gned brystene hennes mot silkelakenene.

Cassandra hadde fortsatt ingen anelse om hvem han var, eller hvorfor hun så på denne scenen.

Det måtte være et poeng et eller annet sted, men så langt var det ingen indikasjon på hva det kunne være.

Demonen gled hånden sin nedover ryggen på heksen, og klørte henne lett med de lange neglene.

Han beveget hånden sakte mot hodet hennes, og presset munnen hennes mot en pute, selv om det tillot henne å puste.

Dempede gledesrop kom fra puten da demonen forsiktig klemte nakken hennes, og sakte gled den ribbede hanen hans inn og ut av fitta hennes.

[Cassandra hadde nesten sparket sengetøyet av sengen nå, hodet hennes slengt frem og tilbake i søvne, nattkjolen klistret seg til den svette kroppen.]

Demonens øyne begynte å gløde, men kvinnen, fra sin stilling, kunne ikke se dem.

Det gjorde ikke noe, for demonen knurret: "Jeg er nesten der..." og blåste nok et dampkast fra munnen hans.

Kvinnens øyne ble store, og hun kjempet og prøvde å skrike noe.

Men munnen hans ble fortsatt presset hardt mot puten, og ingenting annet enn dempete lyder kom ut.

Demonen smilte bredere enn noen gang før ettersom støtene hans ble mer og mer kraftfulle.

«Her kommer det...» knurret skapningen, før han slapp ut et triumfskrik og slapp heksehodet da han kom inn i fitta hennes.

Kanskje den midlertidige panikken hadde økt opphisselsen hennes, fordi heksen tydeligvis nådde sitt klimaks samtidig med hennes infernalske følgesvenn.

Demonen fortsatte å holde henne, og tilsynelatende skjøt lass etter lass inn i henne, mens begge kroppene deres ristet av lidenskapens kraft.

Til slutt trakk demonen seg tilbake.

Kvinnens hofter satt fast med den klissete spermen hans da hun snudde seg for å møte hans onde, flirende ansikt.

"Din jævel..." rakk han å si, like før demonen kom en siste gang, denne gangen skjøt han ham rett i ansiktet.

Demonen begynte å le, med en dyp gravbull.

"Tror du at du kunne lure meg?" la . "Du vil føde en halv demon og du vil være mor til en rekke av dem. Og en vil utføre en stor gjerning en dag for å fremme helvetes krefter."

Erkjennelsen traff Cassandra med full kraft.

Nå visste han hva det var...men ikke hvorfor han hadde blitt lært dette, eller hvordan.

Men hun visste allerede hvem kvinnen var, og ideen gjorde henne kald.

"Kanskje jeg burde gå nå," sa demonen.

Kvinnen tørket dråpene fra kinnene og sugde fraværende på den klissete fingeren.

Hans sinne så allerede ut til å ha forsvunnet.

"Nei," sa hun, og et halvt smil snudde leppene, "du er her til daggry, og det som er gjort er gjort. Jeg vil også dra nytte av verdien av min påkallelse mens jeg har tid. Du har bare fikk meg til å komme tre ganger." ...jeg er sikker på at du kan få meg til å komme flere ganger."

Heldigvis bleknet scenen da.

Rommet ble endret til et mye mindre.

I den var det en barneseng, med en baby.

En baby med horn og hale, og med små flaggermusvinger.

I et annet rom ble en tynn ung mann lenket til en seng, kun iført fillete filler.

Det tok ikke lang tid å gjenkjenne ham som den voksne babyen.

Han så ikke glad ut.

I samme rom igjen tvang mannen fra før seg på en kvinne, og knullet henne akutt bakfra.

Det var umulig å si hvor villig kvinnen var, ut fra det korte blikket.

Hun så i hvert fall ikke ut til å gråte.

Et annet rom, og en annen baby, denne mindre demonisk enn sin far, selv om øynene var blodrøde og hornene fortsatt synlige.

Fra under gulvet kom lyden av et gigantisk hjerteslag.

Det var noe der, skjønte han...noe under byen.

Noe som venter, veldig tålmodig.

Og så en han kjente igjen, en han hadde møtt og håper å se.

Det var den andre babyen som vokste; hans egen far, slik han husket ham, slo neven i et bord og ropte rasende om ett eller annet.

satt en fem år gammel jente med armene rundt knærne og stirret trist i bakken.

En jente med rødbrune øyne og små horn.

Og så våknet hun og satt oppreist i sengen.

Hun visste at de ville at hun skulle gjøre noe, og av den grunn hadde de minnet henne om arven hennes.

Men hva de ville, eller til og med hva han måtte gjøre, visste han fortsatt ikke.

Men jeg hadde en følelse av at jeg ville finne ut av det veldig snart.

HISTORIEN VIL FORTSETTE I :
BARBAREN CONAN
FJERDE DELEN

www.ingramcontent.com/pod-product-compliance
Lightning Source LLC
LaVergne TN
LVHW101953220826
846093LV00006B/205